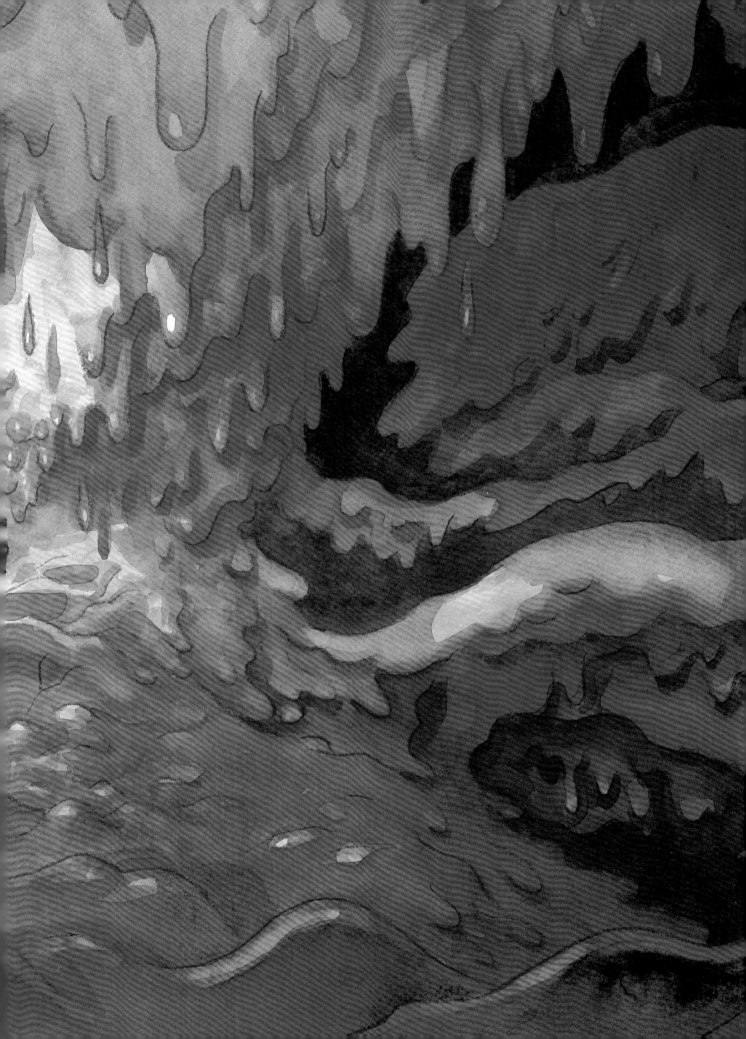

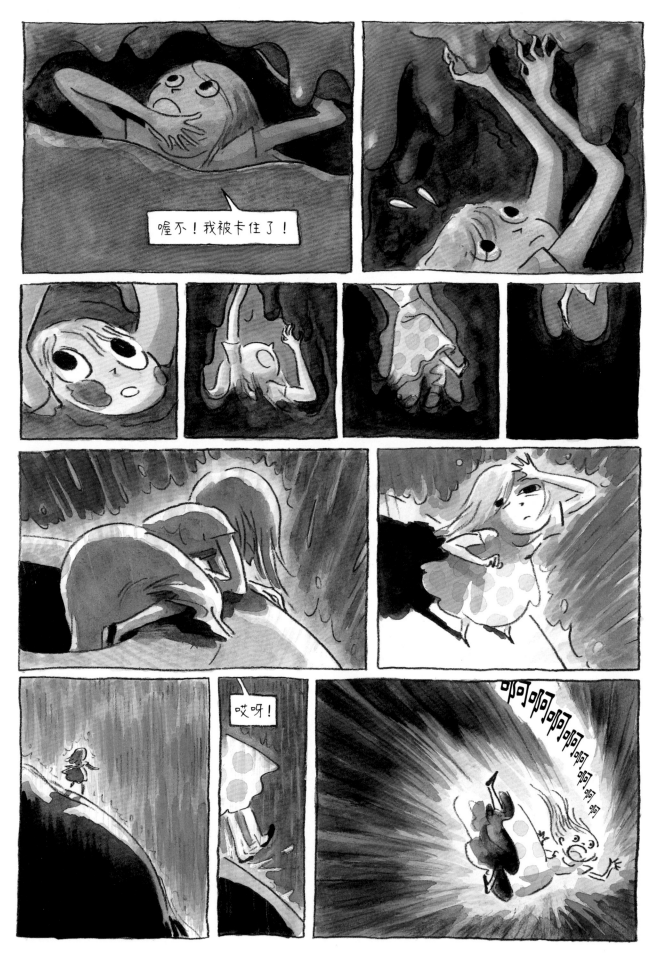

最初的靈感來自瑪麗·彭慕琵 Marie Pommepuy

這是個由瑪麗·彭慕琵 & 法比揚·韋爾曼 Fabien Vehlmann共同創作的故事

圖：克拉斯奎特Kerascoët

嘿喔！

?!

有人在嗎？

嘿喔？

嚼嚼嚼
嚼嚼嚼

……你吃的東西
好像很好吃。

我快餓壞了，
折騰了一個晚上，
真的好餓！

你知道嗎，天花板咄啦咄啦
掉下來的時候，我正在招待
朋友吃點心……?!

要吃自己拿吧！

嘿喔！

?!

哇！是餅乾耶！太棒了！

對呀，好開心可以
再見到你，小布。

噢！好小一隻真可愛！
給你們兩塊吧！

咕

你人真好！

可不能讓他餓著了呢。

艾克多？

小布，剩下的餅乾就交給你發了，
可以嗎？

沒問題！

我很餓很餓。

!!

盡量平分喔，不要大小眼！

知道了！

不過您知道嗎，
我找了點事情做呢。

哦，是嗎？

嗯！我把食物分給大家吃……
然後我……呃……

真的啊？

啊！那邊怎麼了？
我去看看！

我得照顧大家呢！

那麼晚點見囉！

哎喲！哎喲！
我的腳踝！！

放輕鬆、放輕鬆，
到底怎麼了？

我……我想躲開
那隻怪物，
結果就摔下來了！

就是牠，在那邊！
好恐怖！！

請保護我！

?！

看起來沒那麼兇呀。

好吧，還是把你推進去一點，以防萬一。

啵

噢！謝謝！謝謝！
你拯救了我的人生！

小事啦！

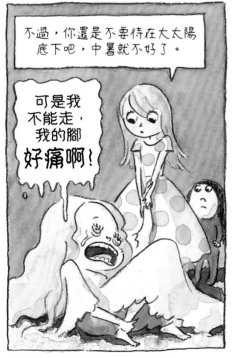

不過，你還是不要待在大太陽底下吧，中暑就不好了。

可是我不能走，我的腳好痛啊！

嗚嗚嗚！

唔

搭個帳篷遮陽就可以了，嘿，快來幫忙。

没錯，立起來，把她遮住。

喝呀！

奥蘿兒

唉？

奥蘿兒

奥蘿兒是誰？

是我！

啊，好的。

好，你們可以再搭一些小屋。我去附近巡邏一下。

真是一團糟！

吃的東西都沒了！

噢！小布，我太開心了！

小布！

我們認識嗎？

唔……我們需要一些繩子。

我有辦法！

鼻～要！

嘻嘻！

啵嗚啊阿阿！

？

哇哇哇
嗚哇!!

怎麼了？
不開心嗎？

嗚啊哇哇!

你媽咪在哪裡？
她不見了嗎？

嗚哇!

我會照顧你的，別擔心！

咕!

帶吱……

33

嗤

嘻嘻！
搔得我腳好癢呀！

好愛這個喔！

好餓。

我們也是，我們好餓，
你知道的……看看奧蘿兒
今天能不能找到
東西給我們吃。

她可能會帶漿果來！
就跟上次一樣。

噢！沒錯！
還有蘑菇！！

不行啦，蘑菇就算了！
上次我們已經說不要再採了，
很多都有毒！

啊，說的也是……
想到可憐的約瑟芬、
瑪歌和阿嘉特，
我很喜歡她們耶。

……還有悲慘的迪嘟、
阿德萊德和米米……

小吉、阿斯蒂、
噗噗兒、賽勒斯特
跟佩如爾。

威爾森
也是。

好餓。

現在最重要的，就是
找到其他食物……

沒錯，什麼
食物呢？

總不能叫我們跟那個
噁心鬼一樣吧，那邊！

她吃的是蒼蠅跟蛆耶！

好恐怖！

我太餓了！

欸……你幹嘛？

喂，看你
幹的好事！

要一起玩嗎？
我看起來好像懷孕了。

嘻嘻！
好呀！

噢！
肚子裡的
小孩在動！

請叫我媽咪！

嘶伊喀！伊～喀！

放心、放心，我之後會再過來的，我保證！

領巾要弄好嘛，這樣好看多了，對不對？

她回來了！

順利嗎？牠沒用髒兮兮的爪子抓傷你的臉吧？

沒有、沒有，很順利。

可不能通通吃掉哦！留一點給其他人。

呼哈！

牠怪怪的，但是心地善良。有我們這些新鄰居，牠應該很開心吧！

總之，我相信牠會幫我們找到更多樹莓……

你太厲害了！竟然聽得懂老鼠的話！

不要學我啦！
跟屁蟲！

這是我先想到的！
下去啦！

呼～

哇！真是個好主意！

真的……好會！

咯哩咿歐嗚嗚噫

前～～～方
没有危～～～險！

手伸出來！
伸出來！

叫你
伸出來啦！

嘁嚓

另一隻手，
給我另一隻！

40

噢！嗨！

我們見過好幾次了吧，都還不曉得你的名字。我叫奧蘿兒。

我⋯⋯我叫緹莫蝶⋯⋯

你都一個人躲遠遠的，真可惜！來跟我們一起住嘛！

不要⋯⋯看到其他人我會怕⋯⋯

好了啦，來嘛，這沒道理呀！

有⋯⋯好吧，也不算⋯⋯我這人就是有點毛病。我有不祥的預感。

別擔心，緹莫蝶。我保證不會有事的。

我會努力讓一切恢復原狀，你對我有信心嗎？

嗯⋯⋯有⋯⋯

那我先走了啦，要是哪天你覺得寂寞，記得來找我們喔！

好。

加油！加油！

加油！

你們到底在做什麼啊？

我們想教牠用兩腿站立！

可是……學這個幹嘛？

……

不然我們來撿小石子?!

喔耶喔耶！大家來撿小石子！！

嗨！

嗨！

咦，你的手怎麼了？

被一種植物刺到的，我只是摸了一下……結果就癢得不得了。

那我也要小心植物就對了。

是啊，沒錯！

娜迪去哪了都沒看到她……
才過一個晚上，這裡滿滿都是水。

明明躲在洞裡還滿聰明的呀。

……快抓到啦。

啊，失敗了。

現在可以走了嗎？

你們在釣魚呀？有上鉤嗎？要不要我幫忙？

你想釣的話，那邊有支釣竿……

但是你得去別的地方，這裡是我們的地盤。

OK！謝啦！

你們在釣魚呀？有上鉤嗎？要不要我幫忙？

……

？

我們走，她也太奇怪了吧！

又是你的錯！
不要再學我了，跟屁蟲！

是你，
你才是跟屁蟲！

♪♪ 嘿～唷，在我們的隊～伍
沒有哪條腿像木頭硬嚕嚕
只是有人啊像麵條軟呼呼
可是看不出噢看不出！♪

日安，奧蘿兒！果子採得還
順利嗎？

嗯，還可以……
您呢？打獵順利嗎？

順利極了！確實，打獵是需要
多一點耐心……麋鹿和野豬
都是活力十足又機靈的動物，
向來沒那麼容易接近。

不過，請信任我（嚼、嚼）
大家很快就有美味的羊腿
可以吃啦！

噢我從沒懷疑過！

奧蘿兒，
我想讓您明白……

嗯？

這陣子，我們沒什麼
碰面的機會，我無法
隨心所欲見到您……

然而，您的身影無時無刻浮現在我
腦海！……就連與獵物激烈廝殺之際，
我的思緒也不由自主飛向您！

！！

王子，我……

噓，噤聲！

我聽見了，那是頭野獸，渾身肌肉抖動，踩著蹄，十分焦躁，鼻子嗅啊嗅的，離我們不遠！

出發吧！我忠誠的夥伴！勇往直前，讓我們追上牠！

走這邊！這裡比較快！

衝啊呵！

颯颯

赫赫
颯颯

一切順利！

颯颯
赫赫
颯颯

颯颯

我的腳起水泡了，不如我們休息一下。

好啊！

如何，進度還行嗎？

可以啦可以！別擔心，這些事都有我看著呢。

唔，來點樹莓吧。

我就不用啦……給那些真的需要的人吧！

噢！你真是太善良了！

小布，我只是想說……真的很開心你願意付出這麼多。

沒有你，我們什麼也做不成……我打從心底由衷地感謝你。

哎沒什麼啦，走吧！

等這些都完成以後，我再去找一些木頭來搭我們的家，這樣我們就安全了。

你好棒，小布！

歡～

噗嚕

噗嚕

早啊，奧蘿兒！有沒有看到我的禮服？你覺得怎麼樣？

美極了！

還用你說！這是用蒼蠅的翅膀做成的……需要無～與倫比的耐心呢。

根本是新娘禮服嘛！

哦？我還真沒想到！

不過……這裡實在太暗了，想縫得精細點都很難。

需要的話，我可以規劃一下，明天來打幾個洞就會亮一點了。

明天？唉，我還指望你可以做得更好呢。

那麼，就明天見吧！

這小妞啊，心地是很好，但腦袋不怎麼靈光吶！

嘻嘻

噗哈哈！

47

我餓了。

嗨。

嗨，小布。

欸，看你這個樣子，這份食物最好交給我保管，免得被別人偷走。

啊？

謝啦！你真是好人！

嚼、嚼

好可愛喔！

對呀！可愛到不行的可愛！

現在我們要做的，就是找到更多鈕扣。

衝啊！大家來找鈕扣！

喔耶喔耶！

49

啪啦啪啦

嗯!

你也是來洗澡的嗎?

嘿!…

啪啦啪啦啪啦啪啦

啊啊啊啊!

?

啪啦啪啦啪啦啪啦

我第一眼看到你喔，就覺得啊，你好了不起、好酷，而且是超級酷耶你！

對啦我是！

因為我……

哇！小布！

幹嘛，怎麼了？

在……在你……肩膀上！！

千萬別動！不然牠可能會螫你！

!!

我來引開牠的注意力！嘿！嘿嘿赫嘿嘿！

嘿吼！吼！

有效耶！小布，看我的，我會盡可能把牠引到很遠的地方！

不必擔心我，我……我可以脫身的！

噎……！

喂，你！過來替我挑柴吧！

好囉！再鋪上一點青苔，就完美啦！

艾克多看到我們的新房一定會很開心。我覺得住起來一定會很舒服！

啊我話太多了！
要收斂一點，還有好幾間小屋要蓋呢！

每個人都要有地方住才行，這很重要……

我不喜歡這種昆蟲。

啊，是嗎？

欸，奧蘿兒，你怎麼哭了？

?!……我不曉得……

奧蘿兒？

……我有點不舒服。

嘻嘻嘻………!!!!

噫噫⋯⋯

呵⋯⋯呵呵呵⋯⋯
好可怕的惡夢⋯⋯

呵⋯⋯呵呵呵⋯⋯
是惡夢⋯⋯

呼！

太陽公公
出～來～啦！

來者何人？

制服挺帥嘛。

給我換上吧。

唔……
好渴啊……

我……我去取
露水來！

還是出不來？

已經三天了。

我明明就跟她說
這邊太窄了！

對啊，但她堅持
要到娜汀和小菲
家喝茶。

來者何人？

啪啦
啪啦
啪啦

啪啦
啪啦

等等，
我來了！

告訴我，
我該做什麼！

拿剪刀來！

就是現在，剪掉！

剪掉牠的
翅膀，快！

喀……

喀嚓！

另一邊，快！

嘶嘶啪啦啪啦！

這樣牠就跑不了太遠了。

等牠跳累了，我就可以馴服牠。

這次，你真的要離開了……對吧？

你知道嗎，那些人有你在，運氣真的很好。

如何，找到了嗎？
等一下啦！
唔

哈！

欸，怎麼
不會亮？

我看看！

啊哈哈哈哈！

你在
幹嘛？

明天，我要辦一場同樂會。
同樂會？
對呀！
和森林裡的
動物一起！
潔莉

唔，這是給你的
邀請函。
小布

一定要來唷，嗯？
如果希望大家和平相
處，就要好好跟我們
的鄰居認識一下。

嘿～唷！！！

噗嚕！

唉，這顆都爛掉了啦！

那邊有一顆，應該比較好！

嘿！那邊的小姐們！

你們兩個，反正沒事做，過去那邊吧，潔莉需要人幫忙縫洋裝。

呃，其實，我們正忙著呢⋯⋯我們想挑個禮物給奧蘿兒

謝謝她邀請我們參加動物森林同樂會！

拜託，夠了沒！不就是兩分鐘的事！你們真的很自私耶！

好，就這麼說定了，跟我來！

啊？⋯⋯好吧，可是⋯⋯

欸⋯⋯你可以把蘋果搬去給奧蘿兒嗎？麻煩了！

一顆蘋果籽就夠了吧，換作是我，有人送我蘋果籽我就很開心了。

喂，你！鬼鬼祟祟地
在那裡做什麼？

我懂了……奧蘿兒
也邀了你是吧。

不過，你該不會要穿這樣去同樂
會吧？簡直跟邋遢鬼沒兩樣吶！
過來，我幫你梳個頭。

呃，不用了，我……

過來啦……你也不想造成
奧蘿兒的困擾吧，對不對？

不要一直亂動！要把你這頭亂髮梳開已經很難了……不知道的人還以為你用頭髮在掃地咧！

哈哈哈

這寶寶好可愛喔，我可以留著嗎，潔莉？

當然可以呀，小甜心，就送給你吧！

噢！你看看你，都是你害的！

痛

讓我把另一邊也好好梳一梳。

不要！

喂喂！乖一點嘛！

不要！

喔！

我們還以為……
……你是正常人！！

我……我是怪物。

我不配跟你們住在一起。

確實如此，哼！

啊，我有個好主意！你們去把那個筆袋拖過來。我們來辦一場淒美絕倫的葬禮吧。

……唔，等一下你就躺進去，然後你會死掉。

……嗯。

現在，你們用土把她埋起來。

至於我，我來假裝祈禱。

姆年年年姆年年～年姆姆年年姆年～年年姆

儀式圓滿完成了。好滿足啊～

那現在呢？我們要做什麼？

天色暗了，我們回去吧。

咕？

嘿唷唷，再加把勁！
呼！

嘿唷！

咯～～～

快到啦！

來囉！最愛遲到的
也抵達會場囉！

……其他人
還沒到？

小布、艾克多、緹莫蝶
……他們都說一定會來呀！

奧蘿兒，要不要我們
趕快吃一吃，然後趕快
離開？

不、不，
再等一下吧！

我相信他們很快就到啦！

不過，等一下
就天黑了，
有點討厭呐！

不行!

還沒開動!
退後!

我說等、一、下!

啦啦啦 ♪ 啦啦 ♫♪

早啊，潔莉。

唔，是奧蘿兒。

怎麼，你的同樂會準備得如何啦？

…？

但……那是昨天的事耶！

是嗎？……

你的邀請函好像沒有寫得很清楚耶。

坐吧，告訴我這是怎麼一回事！

嚇死人了！那些動物的行為就……就跟原始人沒兩樣！

有的竟然，在桌子上尿尿！！

而且大家都沒來，連緹莫蝶也一樣！我明明提醒她了！

哎這就是她無情的地方了……你應該覺得很受傷吧。

艾克多也是，他也沒來！

噢！

可以去幫我找一捆線來嗎？拜託～

奧蘿兒，你知道的，
男生啊，通常都是傻蛋⋯⋯
我相信艾克多一定不是
故意的。

真的嗎？

當然！
一定是誤會啦！

這樣好了，我會去跟他
聊聊！也許你就能
更確定他的心意了。

噢！

謝謝你，潔莉，
這⋯⋯你人真好！

先別急著謝我，
男人吶，他們從
來不給承諾的！

？

快快快，
開始了！

開始什麼？
你們在說什麼？

快快快呀！

嘻
嘻
嘻！

哎唷
跟我說嘛！

吼，
你看，
那邊呀！

71

嘿！你在這裡喔？

剛好，有個東西要給你瞧瞧。

讓我一個人靜一靜，我誰也不想見。

嘿，夥伴們，這邊這邊！

我們抓到老鼠唷！

潔莉說你想要報仇！

動手吧！我們幫你抓著！你可以的！

喂，還等什麼啦?!

難道你打算讓牠又在你身上尿尿？

動手呀！

嘻嘻嘻！

哈哈！

快去通報其他人，
有食物可以吃啦！

好了……嗝……我們去潔莉那邊吧！
我替她留了老鼠心。

可是，它漂那麼遠，我不曉得要怎麼把它……

身為我的王子，您就該為我赴湯蹈火，不是嗎？

呃……

沒錯，當然！我……我是您的王子！

我就知道！來～大家幫艾克多準備一艘豪華戰艦！

您是故意跟我過不去嗎？！

快一點啦，快！

因為……我得小心別掉到水裡啊，我才不想要……

?!!

水……水底下有東西！那邊！

艾克多，你夠了沒，快點找我的緞帶！

噗嚕！噗嚕嚕噗嚕

啊啊啊!!

噗通！

78

笨死了！……
把他拖到岸上。

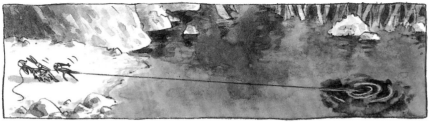

欸，這是？

咯！

幫我看一下，
他有找到
我的緞帶
嗎？

咕嚕

嘩啦！

來了，
這就來啦！

我把裡面清空了，
除了一些小小的抓痕，
不然跟新的沒兩樣。

很好。緹莫蝶的喪禮都那麼隆重了，
要是沒有厚葬艾克多，實在說不過去。

現在，為我死去
的丈夫那悲慘
的命運哭泣吧。

艾克多！

嗚嗚嗚嗚，嗚嗚，
艾克～多！

可憐的潔莉！

你在這裡
做什麼?

我再也不想跟
其他人一起
生活了。

進來吧。

你可以在這裡過夜,但是
不可以發出半點聲音。

他就在隔壁。

?

你去瞄一眼就知道了。

!

嗨，珍！

好吃嗎？

這是你去他的小屋找來的，對吧？

別擔心，我沒有冒任何風險。

但是，我確定那傢伙非常危險！

……而且他身上有臭味，那是種傳染病！

哦，是嗎？

我會盡快找到另一個避難所，這樣比較好。

……很難吧，要是外面一直這麼冷的話。

至少，這裡很暖和，而且還有東西吃。

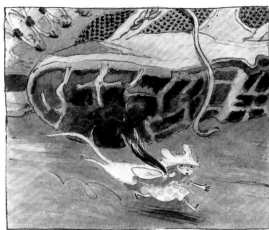

啪噠

刮
刮

珍！不好了，
我看到那個，快來！

你在講什麼？

快來！
來就對了！

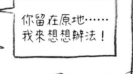

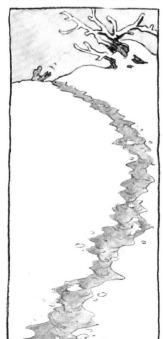

這裡太髒了吧！
馬上給我打掃乾淨。

不過……比外面
溫暖就是了。

你們不可以留在這裡，
這裡是我家……

不行！
不能去那邊！

這裡很危險，這是他
住的地方！一個……
一個巨人！他很殘暴！

這裡舒服多了呀！

潔莉！

現在要
尊稱她
公主哦。

最好是什麼都別說，不然他們
會找你麻煩的……可是我，
我永遠是你的朋友，知道嗎？

呀呼！

啊啊啊，快快快！

巨人回來了！

這將是一間華麗的屋子⋯⋯

就算有巨人在，這裡，也是由我主宰！

你終於
回來啦。

我們早就猜到了，餓了你就會回來。

但是你回來得太晚啦，
我們什麼也沒給你留，
算是讓你學個教訓。

你知道嗎，奧蘿兒，若
是你想跟我們一起住在
這裡，最好是乖乖聽話。

就從替我們把靴子都洗一洗
開始吧……而且要確保它們
明天都會乾。

你耳聾嗎?

算了,小布,讓我來,她還不習慣啦!

你看喔,很簡單的,只要照做就行了!

謝謝……

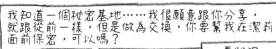

等一下,我馬上回來……

小布,我們得談談!

看到你我就覺得煩了!

我知道一個祕密基地……我很願意跟你分享,就跟從前一樣,但是做為交換,你要幫我在潔莉面前保密,可以嗎?

看狀況。

你願意的話,我也可以當你的女僕!

OK!告訴我吧,在哪裡?

這是我們兩人的祕密喔,好嗎?你發誓?

木十字,鐵十字,若我說謊就去死。

沒人，趁現在！

這裡，潔莉！

噢這裡很棒呐！

而且比旁邊的小棧間溫暖多了。

奧蘿兒想瞞著你！

真是學不乖。

不過，奧蘿兒……你啊，
就連使壞也壞不到哪裡去，
這就是你最大的問題。

喂！這是什麼
鬼東西?!

接下來可以重新打造
我的小窩了……

沒關係，
我有很多時間。

你替我們準備的東西，
看起來很好吃呢。

我溫柔的王子。

誌謝：
Maëll、Gwen、Adrien、 Franck 和 Patrick，
謝謝他們對這個計畫的積極合作。
Hubert 和 Jean-Paul，謝謝他們提供的想法、
建議與無可取代的友情支持。
Géraldine、Doumé、Ben 和 Nico D、Nico R、 Yoann、
Pauline、Guillaume、Benoit、Louis-Antoine，
謝謝他們的熱情與鼓勵。
當然，還有無論身在何方，是近或遠，在我們創作期間一路陪伴、
相信這個計畫的所有人。

美麗黑暗

PaperFilm FC2090C

一 版 一 刷 2024年2月

作　　　者	文 / 法比揚·韋爾曼 (Fabien Vehlmann)，圖 / 克拉斯奎特 (Kerascoët)
譯　　　者	陳文瑤
責 任 編 輯	陳雨柔
封 面 設 計	蘇維
內 頁 排 版	傅婉琪
行 銷 企 劃	陳彩玉、林詩玟

發　行　人　涂玉雲
編 輯 總 監　劉麗真
出　　　版　臉譜出版
　　　　　　城邦文化事業股份有限公司
　　　　　　台北市民生東路二段141號5樓
　　　　　　電話：886-2-25007696　傳真：886-2-25001952

發　　　行　英屬蓋曼群島商家庭傳媒股份有限公司城邦分公司
　　　　　　台北市中山區民生東路141號11樓
　　　　　　客服專線：02-25007718；25007719
　　　　　　24小時傳真專線：02-25001990；25001991；
　　　　　　服務時間：週一至週五上午09:30-12:00；下午13:30-17:00
　　　　　　劃撥帳號：19863813　戶名：書虫股份有限公司
　　　　　　讀者服務信箱：service@readingclub.com.tw
　　　　　　城邦網址：http://www.cite.com.tw
香港發行所　城邦 (香港) 出版集團有限公司
　　　　　　香港灣仔駱克道193號東超商業中心1F
　　　　　　電話：852-25086231
　　　　　　傳真：852-25789337
新馬發行所　城邦 (馬新) 出版集團 Cite (M) Sdn Bhd.
　　　　　　41-3, Jalan Radin Anum, Bandar Baru Sri Petaling,
　　　　　　57000 Kuala Lumpur, Malaysia.
　　　　　　電話：+6(03) 90563833
　　　　　　傳真：+6(03) 90576622
　　　　　　讀者服務信箱：services@cite.my

ISBN　　978-626-315-449-0